EDITION HERDER

21.1.99

Lieber Edi

ich weiß, daß Rom Dich irgendwann sehen wird ?. Voraus schon ein paar Impressionen für Dich

Sei geküßt ?

Deine Hanni

Italo Calvino

WO DER FLUSS AM BLAUESTEN IST

und andere römische Abenteuer
des Herrn Marcovaldo

Mit Fotografien von Max Galli

Herder Freiburg · Basel · Wien

Aus dem Italienischen übersetzt von Nino Erné („In der Stadt wachsen Pilze“), Caesar Rymarowicz („Die gute Luft“) und Heinz Riedt (alle übrigen Erzählungen).

Band 13 der
Edition Herder
Erste Auflage 1993

Reproduktionen: Scan Studio Hofmann GmbH, Freiburg
Herstellung: Freiburger Graphische Betriebe 1993
ISBN 3-451-23452-1

INHALT

In der Stadt wachsen Pilze

♦

Der Wind, der von weit her über die Stadt streicht, bringt ungewöhnliche Gaben mit, die nur wenige, empfindsame Seelen bemerken: Leute mit Heuschnupfen zum Beispiel, die den Pollenstaub der Blumen von fremder Erde aus ihrer Nase wieder hinausniesen.

Eines Tages sanken, wer weiß woher durch die Luft herangetragen, Sporen auf die Erdstreifen einer Allee in der Stadt nieder, und daraus wurden Pilze. Niemand bemerkte sie, außer dem Handlanger Marcovaldo, der gerade an dieser Stelle morgens in die Straßenbahn zu steigen pflegte.

Dieser Marcovaldo hatte keinen Blick für das Leben der Stadt: Schilder, Verkehrsampeln, Schaufenster, Leuchtreklamen, Plakate, waren sie auch noch so ausgeklügelt, um die Aufmerksamkeit auf sich zu lenken, das alles konnte seinen Blick nicht fesseln, der über den Sand einer Wüste zu schweifen schien. Was ihm hingegen nie entging, das war etwa ein Blatt, das an seinem Zweig gilbte, eine Feder, die an einem Dachziegel hängengeblieben war. Keine Bremse auf der Kruppe eines Pferdes, keine Rille, von einem Holzwurm in die Tischplatte gebohrt, keine zerquetschte Schale einer Feige auf dem Bürgersteig, die Marcovaldo nicht bemerkt, über die er nicht Erörterungen angestellt, die er nicht zum Anlaß genommen hätte, dem Wechsel der Jahreszeiten, den Sehnsüchten seiner Seele und der Trübseligkeit seiner Existenz nachzusinnen.

Als er nun so eines Morgens auf die Straßenbahn wartete, die ihn zu seinem Arbeitsplatz in einer Fabrik bringen sollte, entdeckte er etwas Ungewöhnliches in der Nähe der Haltestelle, auf dem Streifen unfruchtbaren, krustigen Bodens, der die Baumreihe begleitete; am Fuß der Baumstämme schienen sich an einigen Stellen Auswüchse gebildet zu haben, die hier und da sich öffneten und rundliche, unterirdische Körperchen hervorblühen ließen.

Er bückte sich, um seine Schnürsenkel fester zu knüpfen, und sah genauer hin: Es waren Pilze, echte Pilze, die hier mitten im Herzen der Stadt sprossen. Marcovaldo hatte die Empfindung, als ob die graue, elende Welt, die ihn umgab, mit einemmal verborgenen Reichtum offenbare, als ob man vom Leben noch etwas erhoffen dürfe, was über den Empfang der vertraglich geregelten Lohntüte, die Sozialversicherung und das tägliche Brot hinausging.

Bei der Arbeit war er noch zerstreuter als sonst; er bedachte, daß zur selben Zeit, da er hier Pakete und Kisten ablud, die schweigenden, gemächlichen Pilze, die nur er kannte, im Dunkel der Erde aufwuchsen, unterirdische Säfte in sich sammelten, ihr poröses Fruchtfleisch reifen ließen und mit dem Kopf durch die Erdkruste brachen.

Eine Nacht Regen würde genügen, sagte er zu sich, dann könnte man sie schon herausholen. Eine einzige Regennacht...

Und er bebte vor Ungeduld, seiner Frau und den Kindern von der Entdeckung zu erzählen.

„Ich will euch mal was sagen“, verkündete er dann beim kärglichen Abendessen. „Noch ehe eine Woche vorüber ist, gibt es Pilze. Und was für welche! Ihr werdet staunen.“

Den kleinsten Kindern, die nicht wußten, was ein Pilz

ist, erklärte er mit Rührung in der Stimme die Schönheit der verschiedenen Sorten, die Zartheit ihres Geschmacks, und wie man sie zubereiten muß; damit gelang es ihm, sogar seine Frau in das Gespräch zu verwickeln, die sich bis zu diesem Augenblick eher ungläubig und gleichgültig gezeigt hatte.

„Wo sind denn diese Pilze?“ fragten die Kinder. „Sag doch, wo wachsen sie?“

Bei dieser Frage wurde Marcovaldos Begeisterung von einer Regung des Mißtrauens gezügelt: Wenn ich ihnen den Platz sage, dachte er, gehen sie mit irgendeiner dieser Jungensbanden auf Pilzsuche, man erzählt sich davon im ganzen Viertel, und die Pilze enden in den

Kochtöpfen anderer Leute. So stürzte ihn die Entdeckung, die noch kurz zuvor sein Herz mit allumfassender Liebe erfüllt hatte, in wilde Habsucht und eifersüchtige Furcht.

„Den Pilzplatz kenne ich, und das genügt", sagte er zu den Kindern. „Wehe euch, wenn ihr euch auch nur ein Wort darüber entschlüpfen laßt!"

Am nächsten Morgen näherte er sich voller Besorgnis seiner Straßenbahnhaltestelle. Er beugte sich bei den Bäumen hinunter und sah erleichtert, daß die Pilze ein wenig gewachsen waren; nicht eben viel, sie staken noch fast ganz in der Erde.

In dieser Stellung bemerkte er, daß jemand hinter ihm stand. Mit einem Ruck sprang er auf die Füße und gab sich den Anschein, als wäre nicht das mindeste geschehen. Es war ein Straßenkehrer, der ihn, auf seinen Besen gestützt, betrachtete.

Der Straßenkehrer, in dessen Herrschaftsbereich die Pilze fielen, erwies sich als ein langaufgeschossener, bebrillter Jüngling. Er hieß Amadigi und war Marcovaldo, der selbst nicht recht wußte warum, schon seit langem höchst unsympathisch. Mag sein, daß ihn die Brillengläser ärgerten, die den Asphalt absuchten, um jedes Restchen Natur zu entfernen.

An diesem Tag, einem Sonnabend, verbrachte Marcovaldo seine Freizeit damit, um die Baumreihe der Allee herumzustreichen, wobei er in einem Auge den Straßenkehrer, im anderen die Pilze behielt und Berechnungen anstellte, wieviel Zeit sie brauchen würden, um reif zu werden.

Nachts regnete es, und wie die Bauern nach Monaten der Dürre beim Geräusch erster fallender Tropfen erwachen und vor Freude in die Luft springen, so setzte sich Marcovaldo, als einziger in der Stadt, plötzlich im Bett auf und rief die Familie zusammen.

„Der Regen! Der Regen!“ Und er sog den Geruch durchnäßten Staubes und frischen Schimmels ein, der von draußen ins Zimmer drang.

Als der Morgen dämmerte, ein Sonntagmorgen, lief er mit den Kindern und einem vorsorglich entliehenen Korb an die Haltestelle. Da waren die Pilze, aufrecht auf ihren Beinchen, mit hoch aus dem von Wasser schwappenden Boden aufragenden Köpfen. Hurra! Und die Familie warf sich darüber, um die Ernte einzubringen.

„Papa, schau doch mal den Herrn da, wie viele der gefunden hat!“ sagte Michelino. Der Vater hob den Kopf und erblickte Amadigi, der dicht neben ihnen stand und ebenfalls einen Korb unter dem Arm trug – einen Korb voll von Pilzen.

„Aha, Sie sammeln auch welche?“ fragte der Straßenkehrer. „Dann kann man sie also essen? Ich habe auch ein paar genommen, weiß aber nicht, ob ich ihnen trauen soll... Weiter hinten am Corso sind noch größere gewachsen... Na gut, jetzt, da ich weiß, was damit los ist, sage ich meinen Leuten Bescheid, die sind schon da und diskutiern, ob man soll oder nicht.“

Und mit langen Schritten ging er davon.

Marcovaldo blieb sprachlos zurück. Noch größere Pilze, und er hatte sie nicht bemerkt! Eine unverhoffte Ernte, und sie wurde ihm ohne weiteres vor der Nase weggeschnappt! Zorn, Wut versteinerten ihn fast, aber nur einen Augenblick lang, dann riß ihn – wie es zuweilen vorkommt – der jähe Sturz seiner persönlichen Leidenschaft in einen Aufschwung allgemeiner Großzügigkeit hinein: „Heda, hört mal alle zu! Wollt ihr heute abend Pilze in der Pfanne schmoren lassen?“ So rief er den Menschen zu, die an der Haltestelle standen und warteten. „Am Corso sind Pilze aus dem Boden gewachsen! Kommt mit! Es sind genug da für uns alle...“

Und er heftete sich Amadigi an die Fersen, hinter sich einen Zug von Menschen, die ihren Regenschirm unter dem Arm trugen, denn das Wetter blieb feucht und ungewiß.

Sie fanden alle noch ihre Pilze, und da sie keine Körbe mitgebracht hatten, schütteten sie ihren Fund in die umgestülpten Schirme. Jemand erklärte: „Es wäre eigentlich hübsch, gemeinsam zu essen."

Statt dessen ging jeder mit seinen Pilzen nach Hause.

Doch sie sahen sich bald wieder, am selben Abend noch, im selben Saal des Krankenhauses, nach der Magenspülung, die ihnen allen das Leben gerettet hatte; die Vergiftung war nicht allzusehr fortgeschritten, da bei der Pilzsuche letztlich für jeden nur eine kleine Portion abgefallen war.

Marcovaldo und Amadigi lagen nebeneinander, und wenn sie sich anblickten, bleckten sie die Zähne. ♦

Ein Samstag voll Sonne, Sand und Schlummer

♦

Für Ihr Rheuma", hatte der Kassenarzt gesagt, „brauchen Sie diesen Sommer warme Sandpackungen." Und an einem Samstagnachmittag ging Marcovaldo die Flußufer absuchen nach einem Platz mit trockenem, sonnenbeschienenem Sand. Doch wo es Sand hätte geben sollen, war der Fluß nichts als ein Knirschen rostiger Ketten; Bagger und Kräne waren am Werk: Maschinen, alt wie Dinosaurier, die im Fluß herumstocherten und Riesenlöffel voll Sand in die dort zwischen den Weiden stehenden Lkws der Baufirmen entluden. Die Eimerkette der Bagger rollte gerade herauf und fuhr umgekehrt wieder hinab, und die Kräne reckten auf ihrem langen Hals einen Pelikankopf, von dem der schwarze Schlamm des Grundes herabtropfte. Marcovaldo bückte sich, den Sand zu betasten, er zerdrückte ihn in der Hand; naß war er, breiig, schlammig: auch dort, wo die Sonne an der Oberfläche eine trockene, brüchige Kruste hatte entstehen lassen, war er einen Zentimeter tiefer noch naß.

Marcovaldos Sprößlinge, die der Vater in der Hoffnung mitgenommen hatte, sie für sich arbeiten, das heißt ihn mit Sand bedecken zu lassen, hielten es kaum mehr aus vor Verlangen, ins Wasser zu gehen.

„Papa! Papa! Wir springen ins Wasser! Wir wollen schwimmen!"

„Ihr seid wohl verrückt. Da steht ein Schild: ‚Baden äußerst gefährlich!' Man ertrinkt da, sackt ab wie ein Stein!" Und er erklärte ihnen, daß dort, wo die Bagger gewühlt hatten, leere Trichter bleiben und die Strömung Kreisel oder Strudel bildet.

„Den Kreisel! Laß uns doch den Kreisel sehen!" Für die Kinder war das ein lustiges Wort.

„Man sieht ihn nicht, aber während du schwimmst, packt er dich und zieht dich nach unten."

„Und der, warum geht der nicht unter? Was ist das, ein Fisch?“

„Nein, das ist eine tote Katze“, erklärte Marcovaldo. „Sie treibt oben, weil sie den Bauch voll Wasser hat.“

„Packt der Kreisel die Katze am Schwanz?“ fragte Michelino.

Das grasbewachsene Ufer verbreiterte sich schließlich zu einer flachen Bucht, wo ein großes Sieb aufgestellt war. Zwei Arbeiter waren dabei, einen Haufen Sand mit Schaufelwürfen durchzusieben; und mit Schaufelwürfen luden sie ihn auch auf eine schwarze und niedrige Frachtbarke, eine Art Fähre, die dort auf dem Wasser lag, an einer Weide festgebunden. Die beiden bärtigen Männer arbeiteten in der Sonnenglut mit Hut und Jacke, aber es waren lauter zerlumpte, verschimmelte Sachen, und die Hosen endeten in Fetzen überm Knie und ließen Beine und Füße frei.

In diesem tagelang getrockneten, feingesiebten, von jeglicher Unsauberkeit befreiten Sand, hell wie am Meer, erkannte Marcovaldo genau das, was er brauchte. Doch er hatte ihn zu spät entdeckt: Schon häuften die Männer den Sand auf den Lastkahn, um ihn fortzuschaffen...

Nein, noch nicht: Nachdem die Arbeiter ihre Fracht hergerichtet hatten, ergriffen sie eine Weinflasche, tranken ein paarmal abwechselnd daraus und legten sich dann in den Schatten der Pappeln, um die heißeste Tagesstunde vorübergehen zu lassen.

Bis die dort ausgeschlafen haben, kann ich mich unter

ihren Sand packen! dachte Marcovaldo und befahl den Kindern mit unterdrückter Stimme: „Rasch, rasch, helft mir!“

Er sprang auf den Lastkahn, zog sich Hemd, Hosen und Schuhe aus und schlüpfte unter den Sand. „Deckt mich zu! Mit der Schaufel!“ sagte er zu den Kindern. „Nein, den Kopf nicht; den brauche ich zum Atmen, der muß draußen bleiben! Nur den Rest!“

Für die Kinder war’s, als ob sie im Sand spielten. „Wollen wir jetzt Kuchenformen bauen? Nein, eine Burg, und mit Zinnen! Ach was, daraus können wir wunderbar eine Murmelbahn bauen!“

„Jetzt macht, daß ihr fortkommt!“ prustete Marcovaldo

aus seinem Sandsarkophag hervor. „Das heißt, vorher müßt ihr mir noch einen Papierhut über Stirn und Augen ziehen. Und dann springt ans Ufer und spielt irgendwo weiter weg, sonst wachen die Sandleute auf und jagen mich fort!"

„Wir können dich auch auf dem Fluß fahren lassen und den Kahn mit dem Strick vom Ufer aus ziehen", schlug Filippetto vor, und schon hatte er die Trosse halb gelöst.

Marcovaldo, der sich nicht bewegen konnte, riß Mund und Augen auf, um zu schimpfen. „Wenn ihr euch nicht augenblicklich davonschert und mich zwingt, hier noch einmal hervorzukriechen, gibt's was mit der Schaufel!" Die Kinder nahmen Reißaus.

Die Sonne stach, der Sand brannte, Marcovaldo schwitzte unter seinem Papierhütchen, und während er darunter litt, so unbeweglich dazuliegen und zu schmoren, empfand er jene Genugtuung, die mühselige Kuren und bittere Arzneien gewähren, wenn man denkt: je ärger, desto nützlicher.

Er schlief ein, in Schlaf gewiegt von der leichten Strömung, die das Halteseil abwechselnd spannte und dann wieder lockerte. Unter dem fortwährenden Spannen und Nachlassen löste sich der Knoten, den Filippetto vorher schon halb aufgeknüpft hatte, plötzlich ganz. Und der sandbeladene Kahn schwamm frei den Fluß hinab.

Es war um die heißeste Mittagsstunde; alles schlief: der unter dem Sand begrabene Mann, die Pergolen an den Anlegestellen, die menschenleeren Brücken, die Häuser, die mit geschlossenen Fensterläden hinter den Mauern auftauchten. Der Fluß führte Niedrigwasser, doch der Kahn, von der Strömung getrieben, mied die schlammigen Flußbänke, die hie und da auftauchten, und ein kleiner Ruck von unten genügte, um ihn wieder in die tiefere Fahrrinne zu befördern.

Bei einem solchen Ruck öffnete Marcovaldo die Augen. Er sah den Himmel voller Sonne, und niedrige Sommerwolken zogen darüber hin. Wie schnell sie fliegen, dachte er. Dabei weht doch kein Lüftchen! Dann sah er elektrische Leitungsdrähte: Sie flogen wie die Wolken. Er wandte den Blick so weit zur Seite, wie der Doppelzentner Sand es zuließ, unter dem er lag. Das rechte Ufer war grün, weit weg und wanderte; das linke war grau, weit weg und ebenfalls auf der Flucht. Er begriff, daß er mitten auf dem Fluß dahintrieb; niemand antwortete; er war allein, begraben in einem treibenden Sandkahn ohne Ruder und Steuer. Er wußte, daß er hätte aufstehen müssen, versuchen müssen, anzulegen, um Hilfe hätte rufen müssen; doch der Gedanke, daß die Sandpackungen absolute Unbeweglichkeit verlangten, behielt die Oberhand und verpflichtete ihn, so lange wie möglich unbeweglich auszuharren, um nur ja nicht kostbare Minuten seiner Kur zu verlieren.

In diesem Moment sah er die Brücke; er erkannte sie an den Statuen und den Lampen, welche die Brüstung zierten, an der Weite der Bögen, die sich in den Himmel reckten: Er hätte nicht geglaubt, schon so weit flußabwärts gekommen zu sein. Und während er in den dunklen Schatten einfuhr, den die Bögen unter sich bildeten, fiel ihm die Stromschnelle ein. Etwa hundert Meter hinter der Brücke machte der Fluß einen Sprung; der Lastkahn würde die Stromschnellen hinunterstürzen und umkippen, und er selbst würde begraben sein unter Sand, Wasser und Kahn, ohne Hoffnung, lebend wieder herauszukommen. Doch auch in diesem Augenblick galt seine größte Sorge der wohltuenden Wirkung der Sandpackung, eine Wirkung, die sich im Nu verflüchtigen würde.

Er wartete auf den Sturz. Der kam auch: Doch es wurde ein Sturz nach oben. Am Rand der Stromschnelle, die in dieser Jahreszeit nur wenig Wasser führte, hatten sich Schlammbänke gebildet, einige begrünt von dünnen Rohrhalmen und Schilf. Der Kahn stemmte sich mit der ganzen Breite seines flachen Kiels da hinein und schleuderte die Sandlast und den darin begrabenen Mann in die Höhe. Marcovaldo wurde förmlich in die Luft katapultiert und sah einen Augenblick lang den Fluß unter sich. Vielmehr: er sah ihn nicht, er sah nur die vielen Menschen, von denen der Fluß wimmelte.

Samstagnachmittags war dieser Teil des Flusses, wo einem das niedrige Wasser nur bis zum Bauchnabel reichte, von einer Menge Badender überlaufen, und die Kinder planschten scharenweise im Wasser herum, und dicke Frauen und Männer markierten den toten Mann,

und es gab Mädchen im Bikini und Halbstarke, die miteinander rauften, und Luftmatratzen und Bälle und Rettungsringe und Autoschläuche, Ruderboote, Paddelboote, Stakeboote, Faltboote, Motorboote, Rettungsboote, Kanus der Rudermannschaft, Fischer mit Standnetz, Fischer mit Angel, alte Frauen mit Schirm, junge Dämchen mit Strohhut und Hunde, Hunde, Hunde, vom Zwergpudel bis zum Bernhardiner, so daß man keinen Zentimeter Wasser im Fluß erkennen konnte. Und Marcovaldo war im Fliegen nicht sicher, ob er auf einer Luftmatratze landen würde oder in den Armen einer junonischen Matrone, doch eines wußte er bestimmt: Kein Tropfen Wasser würde ihn berühren. ♦

DIE GUTE LUFT

♦

Diese Kinder“, sagte der Arzt von der Krankenversicherung, „müßten eine Zeitlang bessere Luft atmen, Luft in einer bestimmten Höhe, sie müßten auf Wiesen umhertollen...“

Er stand zwischen den Betten in der Kellerwohnung, in der die Familie hauste, und drückte das Stethoskop auf den Rücken der kleinen Teresa, zwischen die Schulterblätter, die so zart waren wie die Flügel eines ungefiederten Vögelchens. Zwei Betten waren es und vier Kinder, alle krank; mit brennenden Wangen und fiebrig glänzenden Augen lagen sie am Kopf- und am Fußende der Betten.

„Wiesen wie die Blumenbeete auf dem Platz?" fragte Michelino.

„Eine Höhe wie die auf dem Wolkenkratzer?" fragte Filippetto.

„Gute Luft zum Essen?" fragte Daniele.

Marcovaldo, lang und dünn, und seine kleine, untersetzte Frau standen zu beiden Seiten einer aus den Fugen geratenen Kommode, gestützt auf einen Ellenbogen. Ohne den Ellenbogen zu bewegen, hoben sie den anderen Arm, ließen ihn ohnmächtig auf die Hüfte sinken und entgegneten dem Arzt mißmutig: „Wie sollen wir das machen? Acht Esser, bis über die Ohren verschuldet..."

„Der schönste Ort, an den wir sie schicken können", fügte Marcovaldo hinzu, „ist die Straße."

„Gute Luft werden wir schon atmen können", ergänzte seine Frau, „nämlich dann, wenn wir aus der Wohnung geworfen werden und unter freiem Himmel schlafen müssen."

An einem Sonnabendnachmittag nahm Marcovaldo seine Kinder, als sie wieder genesen waren, zu einem Spaziergang auf die Anhöhen mit. Sie wohnten in einem Stadtteil, der von den Hügeln am weitesten entfernt war. Um auf diese Hänge zu gelangen, mußten sie mit der überfüllten Straßenbahn fahren, und die Kinder sahen vorerst nur die Beine der Passagiere rings um sich. Allmählich leerte sich die Straßenbahn, und vor den endlich frei gewordenen Fensterscheiben tauchte eine Allee auf, die aufwärts führte. Sie waren an der Endhaltestelle angekommen und gingen nun zu Fuß weiter.

Es war gerade Frühling geworden; die Bäume blühten im warmen Sonnenschein. Die Kinder schauten sich leicht befremdet um. Marcovaldo führte sie einen Treppenweg hinauf, der mitten ins Grüne klomm.

„Warum ist hier eine Treppe ohne ein Haus darüber?“ fragte Michelino.

„Das ist keine Haustreppe, das ist so etwas wie eine Straße.“

„Eine Straße... Und wie kommen die Autos über die Stufen?“

Beiderseits waren Gartenmauern, dahinter standen Bäume.

„Mauern ohne Dach... Hat es hier einen Bombenangriff gegeben?“

„Das sind Gärten... so ähnlich wie Höfe...“, erläuterte der Vater. „Das Haus steht mittendrin, dort hinter den Bäumen.“

Michelino schüttelte den Kopf, er schien wenig überzeugt. „Aber die Höfe sind doch immer in den Häusern und nicht drum herum.“

Teresa fragte: „Wohnen in diesen Häusern die Bäume?“

Je höher Marcovaldo stieg, desto mehr glaubte er zu fühlen, daß er sich von dem Schimmelgeruch des Lagerhauses befreite, in dem er acht Stunden täglich Pakete stapeln mußte, und von den feuchten Flecken an den Wänden seiner Wohnung, von dem Staub, der goldglitzernd im Lichtkegel des kleinen Fensters niedersank, und von den Hustenanfällen in der Nacht. Die Kinder schienen ihm jetzt weniger gelblich und schmächtig, als wären sie bereits eins geworden mit dem vielen Licht und dem Grün.

„Gefällt es euch hier?"

„Ja."

„Warum?"

„Hier gibt es keine Parkwächter. Man kann die Pflanzen herausreißen, und man kann mit Steinen werfen."

„Atmen auch. Atmet ihr?"

„Nein."

„Die Luft hier ist gut."

Sie versuchten zu kauen. „I wo. Die schmeckt nach gar nichts."

Sie hatten fast den Gipfel der Anhöhe erklommen. Bei einer Biegung tauchte weit unten die Stadt auf, grenzenlos breitete sie sich aus über das graue Spinnennetz der Straßen. Die Kinder wälzten sich auf der Wiese, als hätten sie ihr Leben lang nichts anderes getan. Ein leichter Wind hatte sich erhoben; es war bereits Abend. In der Stadt glommen die Lichter auf in wirrem Funkeln. Marcovaldo spürte, daß ihn das gleiche Gefühl überkam wie

damals, als er, ein junger Mann noch, in die Stadt gelangte und von diesen Straßen, von diesen Lichtern so gepackt war, als erhoffte er sich von ihnen Gott weiß was. Die Schwalben hoch droben stürzten sich kopfüber auf die Stadt.

Da wurde er traurig, weil er wieder hinunter mußte, und er erspähte in der versteinerten Landschaft den Schatten seines Wohnviertels; es kam ihm vor wie eine bleierne Heide, erstarrt, bedeckt von den dichten Schuppen der Dächer und von Rauchfetzen, die über den Stöcken der Schornsteine flatterten.

Es war kühl geworden, vielleicht sollte er die Kinder rufen? Als er sie jedoch friedlich an den unteren Ästen eines Baumes schaukeln sah, verscheuchte er diesen Gedanken.

Michelino trat an ihn heran. „Papa, warum wohnen wir nicht hier?"

„Ach, du Dummer, hier gibt es doch keine Häuser, hier wohnt niemand", erwiderte Marcovaldo ärgerlich, denn er hatte gerade selbst davon geträumt, hier leben zu können.

Michelino zweifelte. „Niemand? Und die Männer dort? Sieh nur!"

Die Luft wurde grau, und von den Wiesen herunter kam eine Schar Männer verschiedenen Alters, alle mit einem schweren, grauen Anzug bekleidet, der bis oben zugeknöpft war wie ein Pyjama, alle mit Mützen auf dem Kopf und mit einem Stock in der Hand. Sie gingen in kleinen Gruppen, einige redeten laut oder lachten, stachen mit den Stöcken ins Gras oder schleiften sie, mit dem gebogenen Griff am Arm, hinter sich her.

„Was sind das für Männer? Wohin gehen sie?" fragte Michelino seinen Vater, doch Marcovaldo blickte jene nur stumm an.

Einer von ihnen näherte sich; es war ein dicker, etwa vierzigjähriger Mann.

„Guten Abend", grüßte er. „Nun, was für Neuigkeiten bringen Sie uns aus der Satdt?"

„Guten Abend", antwortete Marcovaldo. „Was für Neuigkeiten meinen Sie?"

„Ach gar keine, ich habe das nur so gesagt", erwiderte der Mann und blieb stehen. Er hatte ein langes, fahles Gesicht mit einem einzigen rosa oder roten Fleck, der wie ein Schatten auf den Wangen lag. „Ich sage das immer zu den Leuten, die aus der Stadt heraufkommen. Seit drei Monaten bin ich hier oben, Sie werden das verstehen."

„Und Sie gehen nie hinunter?"

„Ja, wenn es den Ärzten einmal passen wird!" Er lachte kurz. „Und diesen hier." Er tippte mit den Fingern gegen die Brust und stimmte noch einmal jenes kurze, etwas keuchende Lachen an. „Schon zweimal haben sie mich als geheilt entlassen, aber kaum war ich wieder in der Fabrik, zack, ging es von neuem los. Und sie schickten mich wieder hier herauf. Aber nicht den Mut verlieren, wie man so sagt."

„Die dort auch?“ fragte Marcovaldo, auf die anderen Männer deutend, die sich ringsum zerstreut hatten. Gleichzeitig suchte sein Blick Filippetto, Teresa und Daniele, die er aus den Augen verloren hatte.

„Alles Bekannte aus der Sommerfrische“, erklärte der Mann und zwinkerte, „jetzt ist die Zeit, da wir Ausgang haben, kurz vor dem Schlafen... Wir gehen früh zu Bett... Selbstverständlich dürfen wir nicht die Grenzen überschreiten...“

„Was für Grenzen?“

„Das hier gehört noch zum Gelände des Sanatoriums. Wußten Sie das nicht?“

Marcovaldo nahm Michelino an die Hand, der ein wenig verängstigt zugehört hatte. Der Abend kroch die Hänge herauf, das Stadtviertel dort unten war nicht mehr zu erkennen, und es schien, daß nicht der Schatten es verschluckt, sondern daß es seinen Schatten überallhin ausgebreitet hatte. Es war an der Zeit umzukehren.

„Teresa! Filippetto!“ rief Marcovaldo und machte sich auf, sie zu suchen. „Entschuldigen Sie“, wandte er sich an den Mann, „aber ich sehe meine anderen Kinder nicht mehr.“

Der Mann trat an einen Grabenrand. „Da sind sie“, sagte er, „sie pflücken Kirschen.“

Marcovaldo erblickte in einem Graben einen Kirschbaum, bei dem die graugekleideten Männer standen. Sie zogen mit den krummen Stöcken die Zweige herunter und pflückten die Früchte. Teresa und die beiden Jungen waren bei ihnen; sie pflückten Kirschen, nahmen auch welche aus den Händen der Männer und lachten mit ihnen.

„Es ist spät“, sagte Marcovaldo. „Es wird kalt. Wir gehen nach Hause.“

Der dicke Mann wies mit dem Stock auf die Lichterzeichen, die dort unten flimmerten.

„Jeden Abend mache ich mit diesem Stock meinen Spaziergang durch die Stadt. Ich wähle mir eine Straße, eine Reihe Laternen, und folge ihr, schauen Sie her... Wenn Sie durch die Stadt gehen, dann denken Sie mal daran, daß ich Ihnen mit meinem Stock folge...“

Die Kinder kehrten, mit Laub bekränzt, zurück, von den Patienten an der Hand geführt.

„Wie schön es hier ist, Papa!“ sagte Teresa. „Wir kommen wieder hierher, um zu spielen, nicht wahr?“

„Papa“, platzte Michelino heraus, „warum ziehen wir nicht her und wohnen zusammen mit diesen Männern?“

„Es ist spät. Verabschiedet euch von den Herren. Bedankt euch für die Kirschen. Los, wir wollen gehen!“

Sie brachen auf. Sie waren müde. Marcovaldo antwortete nicht auf die Fragen seiner Kinder. Filippetto wollte auf den Arm genommen werden, Daniele auf die Schultern, Teresa ließ sich an der Hand ziehen, nur Michelino, der größte, ging allein voran und stieß die Steine mit den Füßen beiseite. ♦

Wo der Fluss am blauesten ist

♦

Es gab eine Zeit, in der die einfachsten Lebensmittel Bedrohungen, Heimtücke, Betrug in sich bargen. Kein Tag verging, an dem nicht irgendeine Zeitung von schrecklichen Enthüllungen beim Einkauf auf dem Markt berichtete: Der Käse war aus Kunststoff bereitet, die Butter aus Stearinkerzen hergestellt, in Obst und Gemüse war das Arsen der Insektenvertilgungsmittel prozentual höher vertreten als die Vitamine, die Hühner wurden mit synthetischen Pillen gemästet, die denjenigen, der eine Keule davon aß, in ein Huhn verwandeln konnten. Der Frischfisch war vergangenes Jahr in Island an Land gezogen worden, und man manipulierte ihm die Augen, damit er wie gestern gefangen wirkte. Aus Milchflaschen waren Mäuse gesprungen, man wußte nicht recht, ob tot oder lebendig. Aus den Ölkanistern rann nicht der goldene Olivensaft, sondern das mit raffinierten Methoden destillierte Fett alter Maulesel.

Bei der Arbeit oder im Café hörte Marcovaldo von derlei Dingen, und jedesmal glaubte er den Fußtritt eines Maulesels im Magen oder das Trippeln einer Maus durch die Speiseröhre zu verspüren. Wenn seine Frau Domitilla vom Einkaufen nach Hause kam, versetzte ihn der Anblick der Einkaufstasche, die ihm sonst so viel Freude gemacht hatte, gefüllt wie sie war mit Sellerie, Eierfrüchten und dem rauhen, porösen Einwickelpapier des Kolonialwarenhändlers und des Wurstladens, nunmehr in Angst, daß irgendwelche Schädlinge sich in seinen vier Wänden einnisten könnten.

All meine Kraft muß jetzt darauf gerichtet sein, die Familie mit Lebensmitteln zu versorgen, die nicht durch die betrügerischen Hände der Spekulanten gegangen sind, nahm er sich vor. Wenn er morgens zur Arbeit ging, begegnete er zuweilen Männern mit Angelruten und Gummistiefeln, die zu den Mauern am Flußdamm wollten. Das ist der richtige Weg, sagte sich Marcovaldo. Doch der Fluß in der Stadt, der alle Abfälle, Abwässer und die ganze Kanalisation aufnahm, erfüllte ihn mit tiefstem Ekel. Ich muß eine Stelle ausfindig machen, dachte er, wo das Wasser noch Wasser ist und die Fische noch Fische sind. Dort werde ich meine Angelrute auswerfen.

Die Tage wurden länger, und mit seinem Moped machte Marcovaldo sich an die Erkundung des Flusses oberhalb der Stadt und seiner Zuflüsse. Besonders interessierten ihn die Wasserläufe, die möglichst weit von der Asphaltstraße entfernt waren. Mit seinem Moped fuhr er, so weit er konnte, über kleine Waldwege und durch Weidengestrüpp, dann verbarg er es in einem Busch und ging zu Fuß weiter, bis er zum Wasser kam. Eines Tages verirrte er sich: Er stieg ohne Weg und Steg über sträucherbestandene, abschüssige Böschungen, bis er schließlich nicht mehr wußte, auf welcher Seite der Fluß sich befand, da plötzlich, als er die Zweige auseinanderbog, sah er, wenige Armlängen entfernt, ein stilles Gewässer – eine Ausbuchtung des Flusses wie ein kleines, ruhiges Wasserbecken –, so blau, daß es wie ein kleiner Gebirgssee aussah.

Seine Überraschung hinderte ihn nicht, die leichten Kräuselwellen der Strömung genauestens in Augenschein zu nehmen. Da, seine Ausdauer wurde belohnt! Ein Schlag, das unverwechselbare Schnellen einer Flosse an der Wasseroberfläche, dann noch einer und wieder einer, so ein Glück, er traute seinen Augen kaum: Das

war das Sammelbecken sämtlicher Fische des Flusses, ein Anglerparadies, von dem außer ihm vielleicht noch kein anderer Mensch etwas wußte. Auf dem Rückweg (es dunkelte bereits) hielt er sich damit auf, Wegzeichen in die Rinden der Ulmen zu schneiden und an bestimmten Stellen Steine anzuhäufen, um die Route wiederzufinden.

Jetzt galt es nur noch, sich die Ausrüstung zu beschaffen. Eigentlich hatte er schon vorgesorgt: Unter den Hausnachbarn und dem Personal seiner Firma hatte er etwa ein Dutzend Angler aufgespürt. Mit halben Worten und Andeutungen und dem Versprechen, ihnen eine Stelle voller Schleien zu verraten, die er allein kannte, sobald er sich ganz sicher sei, pumpte er sich von dem einen und dem andern ein ganzes Anglerarsenal zusammen, das vollständigste, das man je zu Gesicht bekommen hatte. Nichts fehlte mehr: Angelrute, Schnur, Haken, Kescher, Wasserstiefel, ein schöner Morgen, zwei Stunden Zeit – von sechs bis acht -, ehe es zur Arbeit ging, der Fluß mit den Schleien... Wie sollte er da ohne Beute heimkehren? In der Tat: er brauchte die Angel nur auszuwerfen, und schon hatte er einen Fisch an der Leine; die Schleien bissen ohne jedes Mißtrauen an. Da es mit der Angel so einfach ging, versuchte er's mit dem Kescher: Die Schleien waren so entgegenkommend, daß sie sich Hals über Kopf auch in den Kescher stürzten.

Als es Zeit war zu gehen, war seine Tragtasche voll. Er suchte sich flußabwärts einen Weg.

„He! Sie da!" An einer Flußbiegung, zwischen den Pappeln, erhob sich kerzengerade ein Kerl mit einer Aufsehermütze, der ihn finster musterte.

„Meinen Sie mich? Was wollen Sie denn?" erwiderte Marcovaldo, und ihm dämmerte, daß seine Schleien irgendwie bedroht waren.

„Wo haben Sie die Fische her?" fragte der Aufseher.

„Wie? Warum?" Marcovaldos Herz klopfte ihm bis zum Halse.

„Falls Sie dort unten gefischt haben, müssen Sie sie augenblicklich wegwerfen. Haben Sie die Fabrik flußaufwärts nicht gesehen?" Und er deutete auf ein langgestrecktes, niedriges Gebäude, das jetzt, nach der Flußbiegung, hinter den Weiden sichtbar wurde und seinen Rauch in die Luft und dicke Wolken von unbestimmbarer Farbe, halb türkis, halb violett, ins Wasser schleuderte. „Sie werden doch wohl bemerkt haben, was für eine Farbe das Wasser hat! Das ist eine Farbenfabrik: Der Fluß ist vergiftet von diesem Blau, die Fische ebenfalls! Werfen Sie sie augenblicklich weg, sonst muß ich sie beschlagnahmen!“

Marcovaldo hätte sie nun schnellstens weit wegwerfen mögen, um sie sich vom Hals zu schaffen, als ob der Geruch allein genügt hätte, ihn zu vergiften. Aber er wollte sich vor dem Aufseher keine Blöße geben. „Und wenn ich sie weiter oben gefangen hätte?“

„Das wäre etwas anderes. Dann muß ich die Fische beschlagnahmen, und Sie müssen Strafe zahlen. Oberhalb der Fabrik ist ein Fischreservat. Sehen Sie das Schild dort?“

„Ja, eigentlich“, sagte Marcovaldo rasch, „trage ich die Angelrute nur so mit mir herum, um meinen Freunden einen Bären aufzubinden, in Wirklichkeit habe ich die Fische dort im Dorf beim Fischhändler gekauft.“

„Dagegen wäre nichts einzuwenden. Dann brauchen Sie nur den Stadtzoll zu zahlen, um sie in die Stadt einführen zu dürfen: Hier sind wir ja schon außerhalb des Stadtgebiets.“

Marcovaldo hatte die Tragtasche bereits geöffnet und schüttete sie in den Fluß aus. Ein paar Schleien mußten noch lebendig sein, denn sie flitzten mit freudigem Schwung auf und davon. ♦

Der Regen und die Blätter

♦

Im Betrieb hatte Marcovaldo, neben allen anderen Pflichten, jeden Morgen die Topfpflanze im Eingang zu gießen. Es war eine jener grünen Pflanzen, die man sich zu Hause hält, mit einem geraden, dünnen Stamm, von dem zu beiden Seiten auf langen Stielen breite und glänzende Blätter abzweigen: eine jener Blattpflanzen also, die nicht echt zu sein scheinen. Und doch war es eine richtige Pflanze, und als solche litt sie auch, denn dort, zwischen Vorhang und Schirmständer, fehlte es ihr an Licht, Luft und Tau. Jeden Morgen entdeckte Marcovaldo irgendein böses Zeichen: Bei einem Blatt bog sich der Stiel, als könne er das Gewicht nicht mehr tragen, ein anderes Blatt überzog sich mit Flecken wie das Bäckchen eines masernkranken Kindes, bei einem dritten wurde die Spitze gelb; bis schließlich das eine oder das andere, plumps!, auf dem Boden lag. Unterdessen (was einem das Herz am meisten zusammenzog) wurde der Stamm der Pflanze lang und immer länger, war gar nicht mehr richtig belaubt, sondern kahl wie ein Stock, mit einem Schopf obenauf, der ihm das Aussehen eines Palmwedels gab.

Marcovaldo kehrte die abgefallenen Blätter vom Fußboden auf, entstaubte die gesunden, goß (langsam, damit das Wasser nicht überlief und die Kacheln beschmutzte) auf den Fuß der Pflanze eine halbe Gießkanne voll Wasser, das augenblicklich von der Erde aufgesogen wurde. Und diese einfachen Handreichungen tat er mit einer Aufmerksamkeit wie bei keiner anderen Arbeit sonst, fast wie aus Mitleid mit dem Unglück eines Familienangehörigen. Und dabei seufzte er, man weiß nicht recht, ob über die Pflanze oder über sich selbst: Denn in jenem Gewächs, das hoch aufgeschossen zwischen den Wänden der Firma vergilbte, erkannte er einen Unglücksgefährten.

Die Pflanze (nie wurde sie anders genannt, als sei jede genauere Bezeichnung sinnlos in einer Umgebung, in der sie allein das Pflanzenreich zu vertreten hatte) war so sehr zum Bestandteil von Marcovaldos Leben geworden, daß sie all seine Gedanken zu jeder Stunde des Tages und der Nacht in Anspruch nahm. Der Blick, mit dem er nunmehr zum Himmel sah, war nicht mehr der Blick des Städters, der sich fragt, ob er den Schirm nehmen soll oder nicht, sondern der des Bauern, der von Tag zu Tag das Ende der Trockenheit herbeisehnt. Und sobald er, von seiner Arbeit aufsehend, vor dem kleinen Lagerfenster draußen im Gegenlicht den Regenschleier erkannte, der dicht und geräuschlos niederfiel, ließ er alles stehen und liegen, lief zu seiner Pflanze, nahm den Topf auf den Arm und stellte ihn in den Hof hinaus.

Kaum daß die Pflanze spürte, wie das Regenwasser über ihre Blätter rann, schien sie sich zu recken, um den Tropfen möglichst viel Fläche zu bieten, und vor Freude färbte sie sich mit ihrem schönsten Grün: So glaubte Marcovaldo wenigstens, der stehengeblieben war, um sie zu betrachten, und dabei ganz vergessen hatte, sich vor dem Regen unterzustellen.

So standen sie da draußen im Hof, der Mensch und die Pflanze, der eine vor der anderen, der Mensch beinahe die Empfindung einer Pflanze unter dem Regen nachfühlend, die Pflanze – an frische Luft und Natur nicht gewöhnt – verblüfft fast wie ein Mensch, der plötzlich von Kopf bis Fuß und durch die Kleider hindurch naß wird.

Marcovaldo, mit der Nase nach oben, sog den Geruch des Regens ein, einen Geruch, der – für ihn – schon Wälder und Wiesen in sich trug, und hing unbestimmten Erinnerungen nach. Unter diesen Erinnerungen aber drängte sich deutlicher und näher der Gedanke an das Rheuma auf, das ihn alljährlich heimsuchte, und so ging er rasch wieder ins Haus.

Nach Arbeitsschluß mußte der Betrieb zugesperrt werden. Marcovaldo fragte den Lagervorsteher: „Kann ich die Pflanze im Hof draußen stehenlassen?"

Der Chef, Herr Viligelmo, war ein Mann, der allzu großer Verantwortung lieber aus dem Wege ging. „Bist du wahnsinnig geworden? Und wenn sie gestohlen wird? Wer kommt mir auf dafür?"

Marcovaldo aber, der sah, wie gut der Regen seiner Pflanze bekam, brachte es nicht über sich, sie wieder in den geschlossenen Raum einzusperren: Das wäre einer Vergeudung dieses Himmelsgeschenks gleichgekommen. „Ich könnte sie bis morgen früh bei mir behalten...", schlug er vor. „Ich nehme sie auf den Gepäckständer und bringe sie nach Hause... Dann kann ich sie so lange im Regen lassen, wie es nur geht..."

Herr Viligelmo überlegte einen Augenblick und meinte schließlich: „In diesem Falle übernimmst du die Verantwortung" und stimmte zu.

Im strömenden Regen durchquerte Marcovaldo die Stadt, über sein Moped gebeugt, in eine wasserdichte Windjacke gehüllt. Hinten, auf dem Gepäckträger, hatte er den Blumentopf festgebunden, und Fahrzeug und Pflanze schienen eins zu sein, der gekrümmte und eingehüllte Mann war ganz und gar verschwunden, man sah nur noch die Pflanze auf dem Moped daherfahren. Ab und zu drehte sich Marcovaldo unter seiner Kapuze zurück, um hinter seinem Rücken ein tropfendes Blatt flattern zu sehen: Und jedesmal hatte er den Eindruck, die Pflanze sei schon wieder etwas gewachsen und dichter belaubt.

Als Marcovaldo mit der Pflanze unterm Arm daheim ankam – in der Mansarde mit Fenstersims über den Dächern -, tanzten die Kinder vor lauter Freude Ringelreihen.

„Der Weihnachtsbaum! Der Weihnachtsbaum!"

„Aber nicht doch! Was fällt euch ein? Bis Weihnachten ist noch lange Zeit!" widersprach Marcovaldo. „Gebt acht auf die Blätter, sie sind sehr empfindlich!"

„Wir hausen hier sowieso schon zusammengepreßt wie die Heringe", brummte Domitilla. „Wenn du jetzt noch einen Baum mitbringst, müssen wir ausziehen..."

Die Silhouette der Pflanze auf dem Fensterbrett war von der Stube aus zu sehen. Beim Abendessen blickte Marcovaldo nicht auf seinen Teller, sondern sah unverwandt auf die Fensterscheiben.

Seit sie die Kellerwohnung mit der Mansarde vertauscht hatten, waren Marcovaldo und seine Familie viel besser dran. Doch auch das Wohnen unterm Dach hatte seine Nachteile: Die Zimmerdecke zum Beispiel war

nicht dicht. In regelmäßigen Abständen fielen die Tropfen auf vier oder fünf ganz bestimmte Stellen, und Marcovaldo pflegte kleine Schüsseln oder Teller darunterzustellen. In Regennächten, wenn alle im Bett waren, hörte man das Tik-tik-tik an den verschiedenen Stellen, und ein Schauer lief einem den Rücken hinunter wie eine Vorahnung von Rheumatismus. Immer wenn Marcovaldo in dieser Nacht jedoch aus seinem unruhigen Schlaf erwachte und lauschte, schien ihm dieses Tik-tik-tik wie heitere Musik: Sie bedeutete ja, daß weiterhin Regen fiel, leicht und stetig, und die Pflanze nährte, den Saft durch die schmächtigen Stengel trieb, die Blätter wie Segel spannte. Wenn ich morgen früh nachsehe, wird sie schon gewachsen sein, dachte er.

Doch obgleich er sich so etwas gedacht hatte, wollte er am andern Morgen seinen Augen nicht trauen, als er das Fenster öffnete: Die Pflanze füllte nun das halbe Fenster aus, die Blätter waren mindestens doppelt so groß geworden und hingen nicht mehr schlapp herunter, sondern waren prall und spitz wie Schwerter. Den Blumentopf fest an die Brust gedrückt, stieg er die Treppen hinunter, band ihn am Gepäckständer fest und eilte zum Betrieb.

Es hatte zwar aufgehört zu regnen, doch das Wetter sah noch ziemlich trügerisch aus. Marcovaldo war noch nicht abgestiegen, als schon wieder ein paar Tropfen fielen. Da es ihr so gut bekommt, lass' ich sie noch ein bißchen im Hof stehn, dachte er.

Im Lagerraum steckte er ab und zu die Nase zum Hoffenster hinaus. Diese dauernden Unterbrechungen erregten das Mißfallen des Lagerverwalters. „Was ist denn heute los mit dir, daß du dauernd hinausstarrst?"

„Sie wächst! Sehen Sie doch selbst, Herr Viligelmo!" Und Marcovaldo winkte ihn heran und flüsterte, als dürfe die Pflanze es nicht hören. „Sehen Sie doch, wie sie wächst! Nicht wahr, sie ist gewachsen?"

„Ja, sie ist ein hübsches Stück gewachsen", gab der Chef zu, und das war für Marcovaldo eine Genugtuung, wie sie dem Personal in der Firma selten genug vergönnt war.

Es war Samstag. Um ein Uhr war Arbeitsschluß, und bis Montag früh würde keiner mehr herkommen. Marcovaldo hätte die Pflanze gar zu gern mitgenommen, aber da es nicht mehr regnete, wußte er nicht, was für eine Ausrede er dafür finden sollte. Immerhin war der Himmel noch nicht ganz klar: Hier und dort waren schwarze Haufenwolken zu sehen. Er ging zum Chef, der aus Leidenschaft für die Meteorologie ein Barometer über seinem Schreibtisch hängen hatte. „Wie sieht's aus, Herr Viligelmo?" „Schlecht, immer noch schlecht", sagte der. „Hier regnet's ja noch nicht, aber in dem Stadtteil, wo ich wohne: Eben habe ich mit meiner Frau telefoniert."

„Dann möchte ich die Pflanze ein bißchen dahin spazierenfahren, wo es regnet", schlug Marcovaldo eiligst vor. Gesagt, getan. Er befestigte den Blumentopf auf dem Gepäckständer seines Mopeds.

Den Samstagnachmittag und den Sonntag verbrachte Marcovaldo folgendermaßen: Auf dem Sattel seines Mopeds schaukelnd, die Pflanze auf dem Soziussitz, beobachtete er den Himmel, suchte nach einer Wolke, die gute Absichten zu haben schien, und sauste dann durch die Straßen, bis er auf Regen traf. Jedesmal, wenn er sich umdrehte, war die Pflanze ein bißchen größer geworden: groß wie die Taxen, die Lieferwagen, die Straßenbahnen! Und die Blätter, von denen der Regen auf seine wetterfeste Kapuze herabrann wie eine Dusche, wurden immer breiter.

Jetzt war es schon ein Baum auf zwei Rädern, der da durch die Straßen gefahren wurde und Schutzleute, Fahrer und Fußgänger verwirrte. Gleichzeitig eilten die Wolken auf den Straßen des Windes dahin, sprühten den Regen über einen Stadtteil und zogen weiter; und die Passanten, einer nach dem andern, streckten die Hand aus und klappten den Regenschirm wieder zu; und über Straßen, Alleen und Plätze fuhr Marcovaldo seiner Wolke nach, über die Lenkstange gebeugt, ganz in seine Kapuze eingehüllt, aus der nur die Nase herausragte, der kleine Motor knatterte mit Vollgas, doch die Pflanze blieb unter den fallenden Regentropfen, gerade als habe die Regenspur, die die Wolke hinter sich herzog, sich in den Blättern verfangen, und so eilte alles dahin, von derselben Kraft getrieben: Wind, Wolke, Regen, Pflanze, Räder.

Am Montag trat Marcovaldo mit leeren Händen vor Herrn Viligelmo.

„Und die Pflanze?“ fragte der Lagerverwalter augenblicklich.

„Die steht draußen. Kommen Sie mit.“

„Wo?“ fragte Viligelmo. „Ich sehe sie nicht.“

„Dort drüben. Sie ist ein bißchen gewachsen...“ Und Marcovaldo deutete auf einen Baum, der bis zum zweiten Stock aufragte. Der Baum stand nicht mehr in seinem alten Blumentopf, sondern in einer Art Kübel, und statt des Mopeds hatte Marcovaldo sich einen dreirädrigen Lieferwagen besorgen müssen.

„Und was soll jetzt werden?“ Der Chef war ärgerlich. „Wie sollen wir dieses Ungetüm je wieder ins Vorzimmer bekommen? Das paßt ja gar nicht mehr durch die Tür.“

Marcovaldo zuckte die Achseln.

„Da gibt’s nur eine Möglichkeit“, meinte Viligelmo, „wir müssen sie in der Gärtnerei gegen eine andere in passender Größe umtauschen!“

Marcovaldo war schon wieder im Sattel. „Das besorge ich.“ Und wieder begann die Fahrt durch die Stadt. Der Baum füllte die ganze Fahrbahn mit seinem Grün. Die Schutzleute, um den Verkehr besorgt, hielten ihn an jeder Straßenkreuzung auf; dann – nachdem Marcovaldo ihnen erklärt hatte, daß er die Pflanze in die Gärtnerei zurückbringen wolle, um sie aus dem Verkehr zu ziehen – ließen sie ihn weiterfahren. Und er fuhr und fuhr und konnte sich nicht entschließen, die Straße zur Gärtnerei einzuschlagen. Er brachte es nicht übers Herz, sich von dieser seiner Kreatur zu trennen, nachdem er sie so glücklich aufgezogen hatte: Ihm war, als sei er sein Leben lang noch nie so zufrieden gewesen wie mit dieser Pflanze.

Und so fuhr er hin und her, über Straßen und Plätze, an den Flußufern entlang und über Brücken. Und über ihm breitete ein Grün sich aus wie von einem Tropenwald, bedeckte ihm Kopf und Schultern und Arme, ließ ihn schließlich ganz und gar verschwinden. Und alle Blätter und Stengel und der ganze Stamm (der dünn geblieben war) bebten unablässig in einem dauernden Erzittern, ob nun Regengüsse auf sie herniederprasselten oder die Tropfen seltener wurden oder ganz aufhörten.

In der Tat hatte es zu regnen aufgehört. Es war gegen Sonnenuntergang. Ganz hinten auf den Straßen, in den Zwischenräumen zwischen den Häusern, lag ein ungewisses Regenbogenlicht.

Nach all der mächtigen Anstrengung des Wachsens, die sie mit Spannkraft erfüllt hatte, war die Pflanze nun ganz erschöpft. Marcovaldo, der seine ziellose Fahrt fortsetzte, wurde nicht gewahr, wie hinter ihm die Blätter, eines nach dem anderen, von sattem Grün zu Gelb, zu Goldgelb hinüberwechselten.

Schon seit geraumer Weile folgte, von Marcovaldo unbemerkt, ein ganzer Zug von Mopeds und Autos und Fahrrädern und Jungen dem Baum, der da durch die Stadt fuhr, die Leute riefen: „Ein Affenbrotbaum! Ein Affenbrotbaum!", und laute Rufe der Verwunderung begleiteten das Vergilben der Blätter. Wenn ein Blatt sich ablöste und davonflog, streckten sich viele Hände aus, um es im Fluge zu erhaschen.

Ein Wind kam auf; die goldenen Blätter stoben in ganzen Schwärmen in halber Höhe auf und davon. Marcovaldo meinte immer noch, den grünen, dichtbelaubten Baum hinter sich zu haben, bis er sich plötzlich umdrehte – vielleicht weil er sich ungeschützt dem Wind ausgesetzt fühlte. Der Baum war nicht mehr da: nur noch ein dürrer Stecken, von dem ringsum lauter nackte Stiele ragten, und noch ein allerletztes gelbes Blatt an der Spitze. Im Licht des Regenbogens erschien alles andere schwarz: die Menschen auf den Bürgersteigen, die Häuserfassaden, die Spalier standen; und über all dem Schwarz kreisten und kreisten in halber Höhe leuchtend und zu Hunderten die goldenen Blätter; und rote und rosige Hände streckten sich zu Hunderten aus dem Schatten empor, um sie zu fangen; und der Wind trieb die goldenen Blätter dem Regenbogen und den Händen und den Rufen entgegen und pflückte auch das letzte Blatt, das von gelb ins Orangefarbene wechselte und dann rot, violett, blau, grün und noch einmal gelb wurde, bis es schließlich aus dem Gesichtskreis entschwand. ♦

DIE STADT
FÜR IHN ALLEIN

♦

Elf Monate im Jahr liebte die Bevölkerung ihre Stadt, und wehe, wenn ihr einer zu nahe kam: Wolkenkratzer, Zigarettenautomaten, Breitwandkinos, lauter Dinge, über jede Diskussion erhaben und von dauernder Anziehungskraft. Der einzige Bewohner, dem man dieses Gefühl nicht mit Sicherheit zusprechen konnte, war Marcovaldo; aber das, was er dachte, war – erstens – in Anbetracht seiner geringen Mitteilsamkeit schwer zu erfahren, und – zweitens – zählte es so wenig, daß es ohnehin auf dasselbe herauskam.

Einmal im Jahr aber begann der Monat August. Und da wurde man Zeuge eines allgemeinen Stimmungswechsels. Niemand konnte die Stadt mehr ausstehen: Dieselben Wolkenkratzer und Fußgängerunterführungen und Parkplätze, die bis gestern noch so beliebt, waren auf einmal unsympathisch und irritierend geworden. Die Bewohner hatten keinen anderen Wunsch mehr, als sich so rasch wie möglich aus dem Staube zu machen, und so waren in überfüllten Zügen und auf verstopften Autobahnen am 15. des Monats wirklich alle verschwunden. Ein einziger ausgenommen. Marcovaldo war der einzige Bewohner, der die Stadt nicht verließ.

Morgens ging er aus, um sich ins Zentrum zu begeben. Die Straßen öffneten sich breit und ohne Ende, einsam, von Autos entleert; die Häuserfronten, mit der grauen Hecke heruntergelassener Rolläden bis zu den unzähligen Holzlamellen der Klappläden, waren wie Festungen verrammelt. Das ganze Jahr über hatte Marcovaldo davon geträumt, die Straßen wirklich als Straßen benutzen, das heißt, mitten auf der Fahrbahn entlanglaufen zu können: Jetzt konnte er's, er konnte auch bei Rot über die Straße gehen oder sie schräg überqueren und mitten auf den Plätzen stehenbleiben. Aber er wußte, daß das Vergnügen nicht so sehr darin bestand, all diese ungewohnten Dinge zu tun, als vielmehr alles plötzlich ganz anders zu sehen: die Straßen als Talschluchten oder ausgetrocknete Flußbetten, die Häuser als steile Gebirgsmassive oder Felswände.

Gewiß, irgend etwas fehlte ihm: nicht die Reihe parkender Autos oder die verstopfte Straßenkreuzung oder der Menschenstrom am Warenhauseingang oder die Verkehrsinsel mit den vielen Leuten, die auf die Straßenbahn warteten; was noch fehlte, um die leeren Räume auszufüllen und die rechteckigen Oberflächen zu krümmen, war zum Beispiel eine Überschwemmung, durch geplatzte Wasserrohre hervorgerufen, oder eine Invasion der Wurzeln aller Alleebäume, die das Straßenpflaster durchbrochen hätten. Marcovaldos Blick schweifte umher auf der Suche nach einer anderen Stadt, einer Stadt aus Rinden und Flechten und Erdklumpen und Gestränge unter der Stadt aus Lack und Teer und Glas und Putz. Und es zeigte sich, daß der Gebäudekomplex, an dem er alle Tage vorüberging, in Wahrheit nichts anderes war als ein Haufen aus grauem, porösem Sandstein; das Gerüst einer Baustelle bestand aus noch frischen Fichtenstämmen mit Astlöchern, die wie Edelsteine blitzten; auf dem Firmenschild eines großen Stoffgeschäftes saß eine ganze Reihe schlafender Motten.

Man hätte sagen können, daß die Stadt, kaum hatten die Menschen sie verlassen, in die Gewalt von Bewohnern geraten sei, die – bis gestern noch verborgen – jetzt die Überhand gewonnen hatten: Marcovaldos Spazierweg folgte eine Weile einem Ameisenpfad, dann ließ er sich durch den Flug eines verirrten Käfers vom Weg abbringen, jetzt wieder verweilte er in der Beobachtung der sich krümmenden Fortbewegung eines Regenwurms. Nicht nur die Tiere behaupteten das Feld: Marcovaldo entdeckte, daß sich an der Nordseite der Zeitungskioske eine dünne Schimmelschicht gebildet hatte, daß die Bäumchen in den Kübeln vor den Restaurants sich mühten, ihre Blätter über den Schattenrand des Bürgersteigs hinauszustrecken. Aber war die Stadt denn überhaupt noch vorhanden? Diese Anhäufung von synthetischem Material, das Marcovaldos Tage einschloß, erwies sich nun, beim Ansehen und Betasten, als ein Mosaik aus den unterschiedlichsten Steinen, ein jeder ganz verschieden von den anderen in seiner Härte und Wärme und Konsistenz.

Solcherart den Zweck des Bürgersteigs und der weißen Streifen mißachtend, schlenderte Marcovaldo im Schmetterlingszickzack durch die Straßen, als ihn plötzlich der Kühler eines im Hundertkilometertempo dahinsausenden „Spiders“ um Millimetersbreite an der Hüfte streifte. Halb vor Schreck, halb infolge des Luftdrucks machte Marcovaldo einen Satz und fiel dann wie tot hin.

Das Auto bremste mit fürchterlichem Quietschen, wobei es sich fast um die eigene Achse drehte. Eine Gruppe hemdsärmeliger junger Männer sprang heraus. Jetzt werden sie mich verprügeln, dachte Marcovaldo, weil ich mitten auf der Fahrbahn gelaufen bin.

Die jungen Männer waren mit sonderbaren Gegenständen bewaffnet. „Endlich haben wir ihn! Endlich!" riefen sie und umringten Marcovaldo. „Hier haben wir", sagte einer von ihnen und hielt sich dabei ein komisches silbernes Stöckchen vor den Mund, „den letzten Einwohner, der am fünfzehnten August noch in der Stadt ist. Verzeihen Sie, mein Herr, würden Sie unseren Fernsehzuschauern nicht bitte etwas über Ihre Eindrücke verraten?" und er schob ihm das versilberte Stöckchen unter die Nase.

Eine blendende Helligkeit war ausgebrochen, es wurde heiß wie in einem Backofen, und Marcovaldo war drauf und dran, in Ohnmacht zu fallen. Man hatte Scheinwerfer, Fernsehkameras und Mikrophone auf ihn gerichtet. Er stotterte irgend etwas; nach jeder dritten Silbe, die er sagte, mischte der junge Mann sich ein und drehte das Mikrophon seinem Munde zu: „Ach so, Sie wollen damit sagen..." und redete dann zehn Minuten hintereinander in einem fort.

Kurz und gut, Marcovaldo wurde interviewt.

„Kann ich jetzt gehen?"

„Aber sicher, gewiß doch, ich danke Ihnen sehr... Übrigens, falls Sie gerade nichts anderes vorhaben... und vielleicht Lust hätten, sich ein paar Tausendlirescheine zu verdienen... wäre es Ihnen unangenehm, noch etwas hierzubleiben und uns zu helfen?"

Auf dem Platz herrschte ein heilloses Durcheinander: Lieferwagen, Gerätewagen, fahrbare Aufnahmekameras, Akkumulatoren, Scheinwerferbatterien, Trupps von Männern in Arbeitskleidung, die schweißüberströmt und müde hin- und her liefen.

„Da ist sie ja! Da ist sie! Sie ist da!“ Einem offenen Luxussportwagen entstieg ein Filmstar im Badekostüm.

„Los, Jungs, jetzt können wir die Einstellung am Brunnen drehen!“

Der Regisseur der Fernsehreportage „Tollheiten im August“ gab seine Anweisungen, um den Sprung der berühmten Schauspielerin in den größten Brunnen der Stadt zu drehen.

Dem Hilfsarbeiter Marcovaldo hatte man einen Standscheinwerfer anvertraut, der auf einen schweren Ständer montiert war und den er auf dem Platz hin und her tragen mußte. Nun surrten die Kameras auf dem großen Platz, knisterten die Bogenlampen, dröhnten die Hammerschläge auf die improvisierten Metallgerüste und die geschrienen Befehle... In den Augen des geblendeten und von all dem Lärm betäubten Marcovaldo war die alltägliche Stadt wieder an die Stelle jener anderen getreten, die nur er allein einen Augenblick lang, vielleicht auch nur im Traum, gesehen hatte. ♦

Der Garten der eigensinnigen Katzen

♦

Die Stadt der Katzen und die Stadt der Menschen liegen zwar beisammen, sind aber zwei verschiedene Orte. Nur wenige Katzen erinnern sich noch der Zeit, da es keinen Unterschied gab: Damals waren die Straßen und Plätze der Menschen auch die Straßen und Plätze der Katzen, wie auch die Wiesen und Höfe und

Balkons und Brunnen, damals lebten alle in einem weiten und abwechslungsreichen Raum. Jetzt aber sind die Hauskatzen schon seit Generationen Gefangene einer unbewohnbaren Stadt: Über die Straßen braust pausenlos der verderbenbringende Verkehr katzenmordender Autos; auf jedem Quadratmeter Boden, wo sich früher ein Garten öffnete oder ein leeres Grundstück oder die Trümmer eines abgerissenen Hauses, erheben sich nunmehr Gemeinschaftssiedlungen, Mietskasernen, nigelnagelneue Wolkenkratzer; jeder Zugang ist von parkenden Autos verbarrikadiert; die Höfe werden, einer nach dem andern, mit kleinen Flachdächern überzogen und in Garagen oder Kinos oder Warenlager und Werkstätten verwandelt. Und wo sich einst eine wellige Hochebene von niedrigen Dächern, Firsten, gedeckten Dachgärten, Wasserreservoiren, Balkons, Dachluken und Blechdächern erstreckte, erhebt sich nun das Einerlei aller nur irgend ausbaufähigen Flächen: die Zwischendistanzen zwischen dem allerniedrigsten Straßenboden und dem allerhöchsten Himmel der Über-Überbauten verschwinden, die Katzen aus den jüngsten Würfen suchen vergeblich nach den Wegen ihrer Väter, den Ansatz zu weichem Sprung von der Brüstung zu Fries und Regenrinne, als Auftakt zum federnden Klettern auf die Dachziegel.

Doch innerhalb dieser vertikalen, zusammengepreßten Stadt, wo jedes Vakuum die Tendenz hat, sich zu füllen, und jeder Zementblock bestrebt ist, sich mit andern

Zementblöcken zu vereinigen, tut sich eine Art Antistadt auf, eine Art negativer Stadt, die aus den Leerstellen zwischen Mauer und Mauer besteht, aus Mindestabständen zwischen den einzelnen Bauten, wie sie von der Baubehörde verlangt werden, zwischen Rückfront und Rückfront zweier Gebäude; eine Stadt der Zwischenräume, Lichtschächte, Belüftungskanäle, Durchfahrten, Innenhöfe, Kellerzugänge, wie ein Netz ausgetrockneter Kanäle auf einem Planeten aus Teer und Verputz, und über dieses Netz an den Mauern entlang läuft noch immer das alte Geschlecht der Katzen.

Ab und zu folgte Marcovaldo zum Zeitvertreib dem Weg einer Katze. Das geschah in der Mittagspause zwischen halb eins und drei, wenn, Marcovaldo ausgenommen, das gesamte Personal zum Essen heimging und er – der sein Essen in der Tasche mitnahm – seinen Tisch zwischen den Kisten im Lager deckte, seine Bissen kaute, seine halbe Toscano-Zigarre rauchte, ein bißchen herumschlenderte, allein und untätig, und auf den Arbeitsbeginn wartete.

In solchen Stunden war eine Katze, die zu einem Fenster herausschaute, stets eine willkommene Gesellschafterin und Führerin auf immer neuen Streifzügen. Er hatte sich mit einer graugestreiften Katze angefreundet, die wohlgenährt war, mit einem hellblauen Schleifchen um den Hals, gewiß war sie bei einer wohlhabenden Familie zu Hause. Diese graugestreifte Katze teilte mit Marcovaldo die Gewohnheit, gleich nach Tisch einen Spaziergang

zu machen, und es war nur natürlich, daß eine Freundschaft daraus wurde.

Seiner graugestreiften Freundin folgend, hatte Marcovaldo begonnen, alle Örtlichkeiten gleichsam mit den runden Augen einer Katze zu betrachten, und wenn es auch die vertraute Umgebung seiner Firma war, so sah er sie jetzt doch in einem anderen Licht, als Kulisse zu Katzengeschichten mit Passagen, die nur leichten Samtpfoten zugänglich waren. Obwohl die Gegend äußerlich katzenarm schien, machte Marcovaldo auf seinen Spaziergängen doch täglich die Bekanntschaft eines neuen Katzengesichts, und ein Mauzen, Fauchen, Haarsträuben auf dem gekrümmten Buckel genügte, um ihn ihre

Freundschaften, Intrigen, Rivalitäten erraten zu lassen. In solchen Augenblicken bildete er sich ein, in das Geheimnis der Katzengesellschaft eingedrungen zu sein, und schon fühlte er sich von Pupillen beobachtet, die sich zu schmalen Schlitzen verengten, überwacht von den Antennen gesträubter Schnurrhaare, und alle Katzen um ihn herum saßen da wie undurchdringliche Sphinxe, das rosa Dreieck der Nase traf sich mit dem schwarzen Dreieck der Lippen, und das einzige, was sich rührte an ihnen, waren die Ohrenspitzen, in ruckartigem Vibrieren wie Radargeräte. Man war bis ans Ende eines schmalen Zwischenraums, zwischen armseligen, blinden Wänden gelangt, und als Marcovaldo sich umsah, bemerkte er, daß die Katzen, die ihn bis hierher begleitet hatten, alle miteinander verschwunden waren und ihn allein zurückgelassen hatten, auch seine graugestreifte Freundin, er wußte nicht, in welche Richtung. Ihr Reich hatte Gebiete und Zeremonien und Bräuche, die zu entdecken ihm nicht vergönnt waren.

Andererseits taten sich von der Stadt der Katzen unvermutet Ausblicke auf die Stadt der Menschen auf; und eines Tages war es eben die Graugestreifte, die ihm die Entdeckung des Luxusrestaurants Biarritz vermittelte.

Wer das Restaurant Biarritz sehen wollte, brauchte nur die Gestalt einer Katze anzunehmen, das heißt, sich auf alle viere niederzulassen. Katze und Mensch gingen solcherart um eine Art Kuppel, an deren Füßen niedrige, rechteckige Fensterchen angebracht waren. Dem Beispiel der Graugestreiften folgend, blickte Marcovaldo hinunter. Es waren Oberlichter mit geöffneten Lamellenscheiben, die dem luxuriösen Raum da unten Luft und Licht gaben. Beim Klang von Zigeunergeigen kreisten vergoldete Rebhühner und Wachteln auf silbernen Tabletts, die von den weißbehandschuhten Händen der befrackten Kellner im Gleichgewicht gehalten wurden. Oder genauer gesagt, über den Rebhühnern und den Fasanen drehten sich die Tabletts und über den Tabletts die weißen Handschuhe und, freischwebend über den Lackschuhen der Kellner, das glänzende Parkett, von dem Zwergpalmen herabhingen in Töpfen und Tischtücher und Kristallgeschirr und Kübel wie Glocken mit einer Champagnerflasche als Klöppel: alles auf den Kopf gestellt, weil Marcovaldo aus Angst, entdeckt zu werden, den Kopf nicht durch das Fensterchen stecken wollte und sich damit begnügte, den Raum im umgekehrten Spiegelbild des schrägen Glases zu betrachten.

Die Katze hingegen interessierte sich mehr für die Küchenfensterchen als für die Saalfenster: Wenn man in den Saal hinunterschaute, sah man von weitem und wie verklärt, was sich in der Küche – recht konkret und fast mit Pfoten zu greifen – als gerupfter Vogel oder frischer Fisch präsentierte. Eben zu dieser Küche hin wollte die Graugestreifte Marcovaldo führen, sei es aus uneigennütziger Freundschaft oder vielmehr, weil sie, um eindringen zu können, auf die Hilfe des Menschen angewiesen war. Marcovaldo seinerseits wollte sich nicht von seinem Aussichtsturm über dem großen Speisesaal trennen: zunächst weil er ganz fasziniert von der Eleganz des Lokals war, dann, weil irgend etwas dort unten seine Aufmerksamkeit magnetisch angezogen hatte. So sehr, daß er zuletzt alle Angst, entdeckt zu werden, völlig vergaß und den Kopf ununterbrochen nach unten streckte.

Mitten im Raum, genau unter dem Fensterchen, stand ein kleines gläsernes Fischbecken, fast wie ein Aquarium, in dem große Forellen schwammen. Ein respektabler Gast, mit kahlem glänzendem Schädel, schwarzgekleidet und mit schwarzem Bart, trat hinzu. Ein alter befrackter Kellner folgte ihm, ein kleines Netz in der Hand, als ginge er auf Schmetterlingsjagd. Der schwarzgekleidete Herr sah ernst und gesammelt auf die Forellen, dann hob er die Hand und deutete mit feierlicher Gebärde auf einen Fisch. Der Kellner tauchte das Netz ins Becken, jagte die bezeichnete Forelle, fing sie und begab sich in die Küche, wobei er das Netz mit dem zappelnden Fisch wie einen Speer vor sich trug. Der schwarze Herr, würdevoll wie ein Richter, der soeben ein Todesurteil verkündet hat, nahm wieder Platz und wartete auf die nach Müllerinnen-Art gebackene Forelle.

Wenn ich's fertigbrächte, von hier oben eine Angel herunterzulassen, und dann eine dieser Forellen anbeißen würde, dachte Marcovaldo, könnte man mich nicht des Diebstahls beschuldigen, sondern allenfalls des unerlaubten Fischfangs. Und ohne auf das Maunzen zu achten, das ihn zur Küche locken wollte, ging er fort, um sein Angelzeug zu holen.

Kein Mensch im überfüllten Eßsaal des Biarritz bemerkte die dünne, lange Schnur mit Angelhaken und Köder, die sich bis ins Fischbecken hinabsenkte. Die Fische aber sahen den Köder und stürzten sich darauf. In dem Getümmel gelang es einer Forelle, den Wurm zu schnappen: Und augenblicks stieg sie in die Höhe, kam silbrig sich schlängelnd aus dem Wasser, schwebte aufwärts, über die gedeckten Tische und die Tischchen mit den Vorspeisen, über die blaue Flamme der Spiritusbrenner für die Crêpes Suzettes und verschwand im Himmel des Kuppelfensterchens.

Marcovaldo hatte die Angel mit dem Ruck und der Energie des erprobten Anglers angeschlagen, so daß der Fisch schließlich hinter seinem Rücken landete. Kaum hatte die Forelle festen Boden berührt, als die Katze sich darüber stürzte. Das bißchen Leben, das dem Fisch verblieben war, hauchte er zwischen den Zähnen der Graugestreiften aus. Marcovaldo, der eben die Angelrute hingeworfen hatte, um den Fisch zu ergreifen, sah gerade noch, wie er ihm mitsamt dem Angelhaken vor der Nase weggeschnappt wurde. Rasch setzte er einen Fuß auf die Angelrute, doch der Ruck war so stark, daß ihm nur die Rute verblieb, während die Graugestreifte mit dem Fisch Reißaus nahm, der seinerseits die Angelschnur hinter sich herschleifte. Falsche Katze! Weg war sie.

Doch diesmal entkam sie ihm nicht: Da war die lange

RISTORANTE

Schnur, die ihr folgte und ihm den Weg zeigte, den sie genommen hatte. Obwohl Marcovaldo die Katze aus den Augen verloren hatte, konnte er dem Schnurende folgen: Da rutschte es eine Mauer hinauf, überkletterte einen Balkon, schlängelte sich durch einen Hauseingang, war in einem Kellerloch verschwunden... Marcovaldo, der in immer kätzischere Gefilde vordrang, auf Dächer kletterte, über Brüstungen stieg, konnte doch stets mit dem Blick – wenn auch nur für Sekundenschnelle, ehe sie verschwand – jene bewegliche Spur erhaschen, die ihm den Weg der Diebin zeigte.

Jetzt glitt die Schnur über den Bürgersteig einer Straße, mitten durch den Verkehr, und Marcovaldo, der ihr hinterherrannte, hätte sie um ein Haar erwischt. Er warf sich bäuchlings auf die Erde: Da, er hatte sie gepackt! Er hatte das Schnurende gerade noch erwischt, ehe es durch die Eisenstangen eines Tores schlüpfte.

Hinter einem halbverrosteten Tor und zwei von Kletterpflanzen überwucherten Mauerstücken lag ein ungepflegtes Gärtchen und dahinter ein kleines, verlassen wirkendes Haus. Ein Teppich von welkem Laub bedeckte die Auffahrt, und welkes Laub lag überall unter den Zweigen der beiden Platanen, häufte sich zu kleinen Bergen auf den Beeten. Eine Blätterschicht schwamm auf dem grünen Wasser eines Beckens. Ringsum ragten riesige Gebäude auf, Wolkenkratzer mit Tausenden von Fenstern wie lauter Augen, die sich mißbilligend auf das kleine Viereck mit den zwei Bäumen, die paar Dachziegel und die vielen gelben Blätter richteten, auf diesen Fleck, der mitten im verkehrsreichen Stadtteil überlebt hatte.

Und in diesem Garten, hockend auf Kapitellen und Brüstungen, ausgestreckt auf dem welken Laub der Beete, auf Baumstämme oder Regenrinnen geklettert, auf allen vieren stehend mit zum Fragezeichen erhobenem Schwanz, sitzend und sich das Gesicht putzend, gab es getigerte Katzen, schwarze Katzen, weiße Katzen, gefleckte Katzen, gestromte Katzen, Angorakatzen, Perserkatzen, Familienkatzen und streunende Katzen, parfümierte Katzen und räudige Katzen. Marcovaldo begriff, daß er endlich mitten ins Katzenreich geraten war, mitten in ihre geheime Insel. Und vor Aufregung hätte er seinen Fisch fast vergessen.

Der Fisch hing an der Angelschnur über einem Ast, außer Sprungweite für die Katzen; er mußte seiner Entführerin aus dem Maul gefallen sein, vielleicht bei einer ungeschickten Bewegung, als sie ihn vor den anderen schützen oder vielleicht auch als außergewöhnliche Beute herzeigen wollte; die Schnur hatte sich verfangen, und so sehr Marcovaldo auch daran zerrte, er konnte sie doch nicht freibekommen. Inzwischen war unter den Katzen ein erbitterter Kampf um diesen unerreichbaren Fisch entbrannt oder auch nur um die Berechtigung zum Versuch, ihn zu erreichen. Jede wollte der anderen den Sprung verwehren: Sie stürzten sich aufeinander, packten einander in der Luft, drehten sich in wechselseitiger

Umklammerung mit Geschrei, Klagen, Fauchen, fürchterlichem Mauzen, und schließlich kam es zu einer allgemeinen Rauferei in einem Wirbel raschelnder welker Blätter.

Nach vielem vergeblichem Zerren spürte Marcovaldo, daß die Angelschnur sich gelöst hatte, doch hütete er sich, sie anzuziehen: Die Forelle wäre genau ins Gewimmel der wildgewordenen Katzen gefallen.

In diesem Augenblick kam ein sonderbarer Regen über die Gartenmauer herab: Gräten, Fischköpfe, Schwänze, auch Lungenstückchen und Innereien. Im Nu ließen die Katzen von der hängenden Forelle ab und stürzten sich auf die neuen Bissen.

Für Marcovaldo war das der richtige Augenblick, die Schnur herunterzuziehen und endlich seinen Fisch einzuheimsen.

Doch ehe er diese Absicht in die Tat umsetzen konnte, streckten sich aus einem Fensterladen des kleinen Hauses zwei gelbe, verknöcherte Hände heraus: Die eine schwang eine Schere, die andere eine Bratpfanne. Die Hand mit der Schere hob sich über die Forelle, die Hand mit der Bratpfanne streckte sich darunter. Die Schere zerschnitt die Schnur, die Forelle glitt in die Pfanne, Hände, Schere und Bratpfanne zogen sich zurück, der Laden schloß sich: dies alles in Sekundenschnelle. Marcovaldo wußte überhaupt nicht mehr, wie ihm geschah.

„Sind Sie auch ein Katzenfreund?" Eine Stimme hinter seinem Rücken ließ ihn herumfahren. Er war von lauter alten Weiblein umringt, einige uralt schon, mit Hüten auf dem Kopf, die längst aus der Mode waren, andere jünger und wie alte Jungfern aussehend, und sie alle trugen in Händen oder Taschen Fleisch- oder Fischreste, einige sogar ein Schüsselchen mit Milch. „Würden Sie mir das Päckchen übers Tor werfen für die armen Tierchen?“

Alle Katzenfreundinnen gaben sich zu dieser Stunde vor dem Garten mit dem welken Laub ein Stelldichein, um ihren Schützlingen Futter zu bringen.

„Aber sagen Sie bloß, warum in aller Welt versammeln sich die vielen Katzen ausgerechnet hier?“ erkundigte sich Marcovaldo.

„Wo sollten sie denn sonst hin? Dieser Garten ist unsere letzte Zufluchtsstätte! Hierher kommen auch die Katzen aus anderen Stadtteilen, oft kilometerweit...“

„Und die Vögel“, warf eine andere ein, „müssen sich nun zu Hunderten und aber Hunderten mit diesen paar Bäumen begnügen...“

„Und sämtliche Frösche haben sich in diesen Brunnen zurückgezogen, und nachts quaken sie und quaken... Man hört sie in den umliegenden Häusern sogar noch im siebenten Stock...“

„Wem gehört denn das Haus hier?“ fragte Marcovaldo. Jetzt standen vor dem Tor nicht nur die alten Weiblein, auch andere Leute hatten sich eingefunden: der Tankwart von gegenüber, Lehrlinge aus einer Fabrik, der Briefträger, der Gemüseverkäufer, ein paar Passanten. Und sie alle, Frauen und Männer, ließen sich nicht lange bitten, ihm Bescheid zu geben: Ein jeder wollte seine Ansicht vorbringen, wie stets, wenn es sich um ein geheimnisvolles und umstrittenes Thema handelt.

„Da drinnen wohnt eine Marquise, aber man bekommt sie nie zu Gesicht…“

„Millionen und aber Millionen haben ihr die Bauunternehmer für dieses Grundstück angeboten, sie aber verkauft nicht…“

„Was sollte sie denn auch mit all den Millionen anfangen, so ein altes Frauchen, ganz allein auf der Welt? Da bleibt sie doch lieber in ihrem Haus, auch wenn’s ihr bald über dem Kopf zusammenfällt, um nur ja nicht umziehen zu müssen…“

„Es ist das einzige unbebaute Grundstück im Stadtzentrum… Von Jahr zu Jahr steigt es im Wert… Sie hat schon Angebote bekommen…“

„Angebote nur? Einschüchterungen, Drohungen, Nachstellungen… Haben Sie eine Ahnung! Bauunternehmer!“

„Und sie wehrt sich, seit Jahr und Tag wehrt sie sich…“

„Eine Heilige ist sie… Wo sollten denn die armen Tierchen hin ohne sie?“

„Als ob die sich das geringste aus den Tierchen machte, das geizige Weib! Haben Sie schon mal gesehen, daß sie ihnen etwas zu essen gegeben hätte?“

„Was soll sie denn den Katzen geben, wo sie selber nichts zu beißen hat? Sie ist der letzte Sproß einer aussterbenden Familie!“

„Sie haßt die Katzen! Ich habe mit eigenen Augen gesehen, wie sie mit dem Regenschirm auf sie losging!“

„Weil sie die Blumen auf den Beeten zertreten!“

„Was für Blumen, wenn ich fragen darf? Den Garten hier habe ich nie anders gesehen als in Unkraut erstickt!“

Marcovaldo begriff, daß die Meinungen über die alte Marquise sehr geteilt waren: Die einen sahen in ihr ein himmlisches Wesen, die andern eine geizige alte Vettel.

„Mit den Vögeln hält sie's genauso: nicht ein winziges Brotkrümchen!“

„Sie erweist ihnen Gastfreundschaft: Meinen Sie etwa, das sei wenig?“

„Gerade wie die Mücken, wollten Sie wohl sagen. Alle

finden sie sich hier ein, am Brunnen. Im Sommer fressen uns die Mücken bei lebendigem Leibe, daran ist nur die Marquise schuld!“

„Und erst die Mäuse! Ein wahres Mäuseloch, dieses Haus. Unter dem welken Laub haben sie ihre Löcher, und nachts kommen sie zum Vorschein...“

„Um die Mäuse kümmern sich schon die Katzen...“

„Hat sich was! Ihre Katzen! Wenn wir uns auf die verlassen wollten...“

„Warum? Was haben Sie denn gegen die Katzen?“

An dieser Stelle ging die Diskussion in einen allgemeinen Streit über.

„Die Behörden müßten einschreiten! Das Haus beschlagnahmen!“

„Mit welchem Recht denn?“

„In einem Stadtteil wie dem unsern so ein Mäusestall... Das müßte verboten werden...“

„Wo ich mir doch eigens hier meine Wohnung ausgesucht habe wegen der Aussicht auf das bißchen Grün...“

„Ach was, Grün! Der schöne Wolkenkratzer, den man hier bauen könnte!“

Auch Marcovaldo hätte etwas zu sagen gehabt, aber er kam nicht zu Wort. Endlich rief er in einem Atemzug: „Die Marquise hat mir eine Forelle gestohlen!“

Diese unerwartete Kunde lieferte den Feinden der Alten neuen Gesprächsstoff, ihre Freunde indes nahmen es als Beweis für die dürftigen Verhältnisse, in denen die unglückliche Edeldame lebte. Die einen wie die andern waren sich jedoch darüber einig, daß Marcovaldo bei der Marquise anklopfen und Rechenschaft fordern müsse.

Es war nicht ersichtlich, ob das Tor verschlossen war oder nicht: Jedenfalls gab es auf den Druck mit klagendem Kreischen nach. Marcovaldo bahnte sich durch Blätter und Katzen hindurch einen Weg, stieg die überdachten Stufen empor und klopfte laut an der Haustür.

An einem Fenster (demselben, in dem sich die Bratpfanne gezeigt hatte) hob sich die Klappe des Fensterladens, und in diesem kleinen Winkel sah man ein rundes blaues Auge, eine gefärbte Haarsträhne von undefinierbarer Farbe und eine völlig ausgedörrte Hand. Eine Stimme ließ sich vernehmen: „Wer ist da? Wer klopft?“, und mit der Stimme drang eine Duftwolke heißen Öls heraus.

„Ich bin’s, Frau Marquise, und ich wäre der mit der Forelle“, erklärte Marcovaldo. „Ich will Sie ja nicht belästigen, ich wollte Ihnen bloß sagen, falls Sie es nicht wissen sollten, daß die Forelle mir von der Katze gestohlen wurde und daß ich derjenige wäre, der sie gefischt hat, Beweis ist die Angel…“

„Immer diese Katzen! Immer diese Katzen!“ antwortete die Marquise, hinter ihrem Fensterladen verborgen, mit schriller und ein wenig nasaler Stimme. „Diese Katzen sind mein Verderben! Das kann sich kein Mensch vorstellen! Tag und Nacht Gefangene dieser Ungeheuer! Und dann der ganze Abfall, den mir die Leute über die Mauern werfen, um mich zu ärgern.“

„Aber meine Forelle…“

„Ihre Forelle! Was habe ich mit Ihrer Forelle zu schaffen!“ Und die Stimme der Marquise war fast zum Schrei angeschwollen, als wollte sie damit das Brutzeln des Öls in der Pfanne übertönen, das aus dem Fenster drang, zusammen mit einem Düftchen nach gebratenem Fisch. „Wie soll ich denn überhaupt noch irgend etwas begreifen bei all dem Zeug, das mir ins Haus kommt?“

„Haben Sie die Forelle genommen oder nicht?“

„Bei all dem Schaden, den die Katzen mir zufügen! Das wäre ja noch schöner! Ich übernehme keine Verantwortung! Wenn ich Ihnen sagen wollte, was ich schon alles eingebüßt habe! Mit den Katzen, die seit Jahren mein Haus und meinen Garten besetzt halten! Mein Leben ist auf Gedeih und Verderb diesen Viechern ausgeliefert! Wer findet da schon die Besitzer heraus, um Schadenersatz zu verlangen? Jawohl, Schaden! Ein verpfuschtes Leben: Eine Gefangene bin ich und kann keinen Schritt tun!“

„Verzeihung, wer zwingt Sie denn, hierzubleiben?“

Aus dem Schlitz des Fensterladens leuchtete einmal ein rundes blaues Auge, dann wieder ein Mund mit zwei vorstehenden Zähnen; einen Augenblick lang sah man das ganze Gesicht, und Marcovaldo meinte, einige Ähnlichkeit mit einem Katzengesicht darin zu entdecken.

„Sie halten mich hier gefangen, diese Katzen! Oh, wenn ich nur fort könnte! Was würde ich geben für eine kleine Wohnung, die mir gehört, in einem modernen, sauberen Haus! Aber ich kann nicht fort... Sie verfolgen mich, laufen mir vor die Füße, lassen mich stolpern!“ Ihre Stimme erstarb zum Flüstern, als vertraue sie ihm ein Geheimnis an: „Sie haben Angst, ich könnte das Grundstück verkaufen... sie lassen es nicht zu... sie erlauben es nicht... Wenn Bauunternehmer kommen, um mir einen Vertrag zu unterbreiten, da sollten Sie mal die Katzen sehen! Sie werfen sich dazwischen, sogar die Krallen zeigen sie! Auch einen Notar haben sie schon in die Flucht geschlagen! Einmal hatte ich einen Vertrag vor mir liegen und wollte gerade unterschreiben, da kamen sie zum Fenster hereingestürzt, warfen das Tintenfaß um, zerfetzten die Blätter...“

Marcovaldo besann sich plötzlich auf die Zeit, das Lager, den Abteilungsleiter. Er entfernte sich auf Zehenspitzen über die welken Blätter, während die Stimme, eingehüllt in die Wolke von Bratöl, durch den Fensterladen immer weiter auf ihn einredete: „Gekratzt haben sie mich... Ich habe noch eine Narbe davon... Ich bin auf Gedeih und Verderb diesen Teufelsviechern ausgeliefert...“

Der Winter war gekommen. Blüten aus weißen Flocken verzierten Zweige und Kapitelle und die Schwänze der Katzen. Unter dem Schnee vermoderte das welke Laub. Katzen sah man nur noch selten ringsumher, die Katzenfreundinnen noch seltener; Päckchen mit Gräten wurden jetzt nur noch den Katzen gegeben, die sich vor der Wohnungstür zeigten. Eine ganze Weile schon hatte niemand mehr die Marquise gesehen. Aus dem Schornstein des kleinen Hauses stieg kein Rauch mehr.

Eines Nachts, es schneite gerade, waren plötzlich alle Katzen wieder im Garten versammelt, als sei es schon Frühling geworden, und mauzten wie in einer Mondnacht. Die Nachbarn ahnten, daß etwas geschehen sein müsse: Sie klopften an die Tür der Marquise. Sie gab keine Antwort: Sie war gestorben.

Im Frühjahr hatte eine Baufirma auf dem Gartengrundstück eine große Baustelle angelegt. Die Räumbagger hatten den Boden tief ausgeschachtet, um Platz für die Fundamente zu schaffen, Zement floß in die Eisenverstrebungen, ein riesengroßer Kran reichte den Arbeitern Stangen für die Verschalungen. Aber wie sollte ein Mensch hier überhaupt arbeiten? Katzen liefen über alle Gerüste, warfen Ziegelsteine und Eimer mit Mörtel um, rauften sich mitten auf den Sandhaufen. Wollte man ein Gerüst errichten, hockte ganz oben bestimmt ein wild fauchendes Tier. Gewitztere Miezen kletterten den Maurern schnurrend auf die Schultern, und es war ganz unmöglich, sie abzuschütteln. Und die Vögel nisteten weiter im Gebälk, das Führerhäuschen des Krans war die reinste Voliere... Und keinen Wassereimer konnte man ergreifen, ohne quakende und hüpfende Frösche darin zu finden... ♦